句集

里山

廣瀬悦哉

角川書店

句集　里山／目次

装丁　片岡忠彦

句集

里山

平成二十二年 — 二十四年

四十八句

平成二十二年

一月や氏神土塊を飛ばす

足もとの風吹き上げる野火猛る

上げ潮へ春の鷗が群れてくる

春宵のポケットに鳴る鍵の束

朧月男と女不思議な距離

コンクリート拳で叩き花の冷

春塵や日の丸はためいて高し

漆黒の闇の田があり遠蛙

青空に標なかりし夏燕

深悼　金子青銅氏

雄心の峰雲立てり逝き給ふ

日盛や大道芸人球に乗る

鳴けるだけ鳴いて終戦日の鴉

月光の水を湛へてゐるプール

秋寒し左へ清洲橋通り

人声の集まつて濃くそぞろ寒

七五三神主風のやうに過ぐ

平成二十三年

寒晴や金の鯱金の反り

湿りたる手のひら寒の月明り

明け方の堕ちてゆく夢冬銀河

北風へトランペット思ひつきり

遡るさざなみ春が小名木川

白が散る春の鷗が波の上

竹箒立てかけてある春風に

春の渚に虹色の貝の殻

薫風や野面に積みし石組みも

玉虫をそつと遥かな闇に置く

秋立つや穏やかに穏やかに海

目を上げてひとりひとりの秋の山

声が聞こえる月光の滑り台

木枯らしや放つたらかしの神の幣

単線の海へ走つてゆく枯野

冬野来て指切りげんまん別れけり

迷ひなきくれなゐ十一月の薔薇

寒い月大人が影を踏む遊び

冬の満月覗き見る蛇の穴

猟犬といふ本能を解き放て

遠ざかる靴の音粉雪の街

平成二十四年

元日の大きな人の大きな手

いつもよりよく話す父熟蜜柑

朧夜の父の万年筆握る

あかつきへ上つてゆけり春の鳥

「白露」終刊　三句

人々の温もり桜吹雪くなり

春暁の膝を抱へて眠りゐる

郭公や母に一途なる思ひ

黒ビール注いで国際線ロビー

渡り鳥今日新しきこと知れり

頰杖をつく癖冬の紅葉かな

道化師が回る聖夜の飾り窓

平成二十五年―二十六年

五十五句

平成二十五年

モノクロームの夢春の雑踏へ

つばくらめ土偶は口を開けてゐる

川筋に鼬八十八夜かな

鬼平の飛び出す路地や夏の月

水打つてどこか遠くを見てゐたり

熱帯魚ひらりと見つめ返しけり

ストローに口紅の跡雲の峰

香水やすっとエレベーター閉ぢて

月光のメトロポリスの片隅に
ぢりぢりと明日を待てり黒葡萄

青空に風に石榴の実が割れる

青空が傷つきさうに榠樝の実

水鳥や手を振つて船入れ替はる

木守柿もうすぐ一番星が出る

よく動く人形の首クリスマス

平成二十六年

一月一日真つ直ぐに立つ力

初夢の人と言葉を交はしけり

夕暮れの風が磨いてゐる氷柱

空つ風蔵に閉ぢ込められしころ

産土を一枚一枚剝がし春

犬少し首を傾けしやぼん玉

つばくらめ動物園の空に来る

東京に色んな人がゐる暮春

腕時計外して草に立夏なる

車椅子押して青葉に包まるる

青胡桃井戸水を汲み上げてゐる

夏草を刈れば鴉がついてくる

虹二重少しよそよそしくなれり

炎天の駱駝見てきて躓けり

本流の風へ向かへり夏の蝶

熱帯魚となりの話よく聞こえ
蟷螂が生まるる風のなき夜に

空蟬を掌に置き吹き散らす

天の川たくさんの夢聞いてゐる

爆竹が弾けふるさと盆が来る

盆が来るかみなり親父真ん中に

門火焚く母が意固地になりて焚く

いつまでも話す妹魂祭

水澄みて遥か鯨の跳ねる海

おやすみなさい屋根ひとつひとつ月

人は人忘れてゆけり秋の薔薇

男には男の事情草の花

回転木馬誰も知らない人と月

銀杏や少女方程式を解く

榠樝の実砕けて日の当たる坂に

柊や先生と呼ぶ大きな声

指さしてうつらうつらの冬紅葉

簪を見てゐる一羽冬鴉

江戸前を握る真冬の顔をして

言ひたくて忘れてしまひ冬夕焼

雪女東山から下りて来る
足が冷たい耳元でささやかれ

冬の月コートが二つかけてある

向かう脛したたか打つて日短し

焚火する声が大きくなつてゆく

平成二十七年 ― 二十八年

五十二句

平成二十七年

一月の泥を浚つて男たち

鼬罠仕掛けて昔話かな

深く息して北風の甲州へ
空つ風腹に収めてしまひけり

冬木の芽真つ直ぐに来て話し出す

風花や抱へて移す桜の木

うたた寝をして深川のゆりかもめ

珈琲を淹れてまんさく日和なり

花の冷石に楔を打ち込めり

核心に近づいてゆく春の夢

たんぽぽの粲石段を駆け上がる

点滴につながれてゐるみどりの夜

深悼　入倉朱王氏

新緑へ棺を送り出してゐる

精霊も神も五月の社かな

夏草刈つて百姓の水通す

母に叱られ糠漬けの茄子の色

くちなはが口開けて待つ雨の畦

金子青銅氏に油蟬の句があれば

鷲づかみして青銅の油蟬

先生に食べて欲しいと朝の桃

住職と葡萄見上げて話しこむ

蛇笏の書父と見上げてゐたる秋

秋の草根こそぎにして放りけり

秋の鳶右旋回に甲斐の国

さざなみやプールの底の鰯雲

木守柿笛吹川へ続く道

深悼　三森鉄治氏

冬の月約束を果たさずに逝き

平成二十八年

空っ風桜並木の上に月

人の輪へ入ってゆけり梅の花

靴紐が解けて春のつむじ風

人ひとり葬りて来し春の雷

虎杖を女が手折り口にする

藤伐つてゐる不機嫌な寺男

ワイシャツに珈琲の染み聖五月

山の水振つて草刈鎌を研ぐ

ほととぎすひと鳴き多摩丘陵へ闇

郭公や産土神の鬼瓦

玉虫の背中が割れて飛び立てり

夏の雉孤高の首を伸ばしをり

氏神は須佐之男土用太郎かな

草笛や笛吹川へ石飛ばす

悲しみの定まつてゆくさくらんぼ

天井の滝の飛沫を浴びてゐる

振り返ることなく去りて百日紅

長老がつぶやく雨乞ひの祭

空蟬が吹かれ花屋の店先に

鯉が鯉乗り越えてゆく夏の果

白桃に男の二の腕が伸びる

秋の水降り立つ極彩色の鳥

ざりがにを飲み込む鴉曼殊沙華

冬隣直人甲子雄の強き訛

凍つる月東京タワー今日の色

マフラーをぐるぐる巻きに喧騒へ

平成二十九年 ― 三十年

六十四句

平成二十九年

元旦の氏神へ土踏みしむる

一月の一番星へ飛行機雲

壮年や霜降りて空赤くなる

八ヶ岳冬金平糖ひと粒

熱燗や黙り通して母とゐる

仮面の女がミモザの花抛る

深々と猫如月の夢を見る

透き通る桜の花びらのピアス

天空へクレーン祭囃子かな

甲州小梅床の間の日本刀

蛇の衣黒松の幹うねり立つ

万緑へ放水銃を構へけり

万緑を風が食ひ散らかしてゆく

長靴の片方青葉闇に置く

さざなみや星になりたき火取虫

雷も雨も真夏の山のジャズ

少年のころの川音月見草

七夕の竹を葡萄の幹に巻く

銀やんま窺ふ西洋料理店

星月夜山の物の怪キキと鳴く

真葛原男が声を絞り出す

秋風や雲の上まで杉の山

つくつくぼふし真つ青な鳥の羽根

月の出は紅く中央フリーウェイ

小六月鴉の独り芝居かな

白鷺の抜き足差し足日短し

北風や鉄骨するすると上がる

凍空の翼潮へ降りてゆく

平成三十年

峰に群雲一月一日の微熱

元日の耳から風を通しけり

樹の洞を鴉が覗く風邪心地

父死す　五句

白梅に大屋根に父帰り来し

白梅の虚空風音ばかりなり

春嵐頰を手のひらにて包む

春の満月真夜中の川の音

遍照院法詠白露春疾風

清明や山の向かうの父の国

生くること思ふ桜の花の下

風切つて四十九日の桃の花

縄文といふ遥けさの百千鳥

薫風やおうと左手挙げてゐる

話し足りなき青梅の虚かな

石踏んで山廬主人の夏の下駄

押し寄せる群衆品川駅薄暑

夏燕切り裂く東京タワーかな

郭公や川風に鳴る矢竹叢

産土のせせらぎ足に閑古鳥

黒猫は黒猫のまま遠き雷

石飛礫集めし水争ひの夜

男らの蒼ざめてゐる草いきれ

氷砂糖口に含めり青嵐

濁流の過ぎし月夜の真葛原

野分して大鯉深く沈みをり

深川や二百十日のジャズを聴く

サンフランシスコ　二句

秋風や腰に手を当て靴磨

秋風に折り紙の道化師を置く

夕映えに帰つてゆけり黒葡萄

武蔵野の土の湿りに秋の蛇

地下鉄に駆け込んでくる赤い羽根

黄落や少女恋してゐると歌ふ

立冬の百の蛇口が上を向く

日本橋冬へ駆け抜けて黒猫

北風の空より獣臭きかな

大年の鍵閉めにゆく独り言

平成三十一年・令和一年――二年

七十三句

平成三十一年・令和一年

去年今年眠る鏡のなかの顔

元日の闇に頬杖ついてゐる

一月やごつごつの石朝の川

寒暮光ジャングルジムの鴉鳴く

高畑浩平氏を偲ぶ

ゆりかもめ浩平さんの陽だまりに

老人と話す黒猫春隣

直人の忌夢に歩きて朝の川

三川をひとつにしたりつばくらめ

赤松の幹が二股春の雨

かたくなに口を閉ざして春の雷

明け方の夢の桜が呼んでゐる

森に雨尺取虫の真っ青な

特急電車万緑から万緑へ

人形の見つめてゐたる青葉闇

腕組んで神田祭の声がする

立葵東京深く降りてゆく

地下鉄に朝顔市の男たち

尼寺に真昼のひかり蟻地獄

先に目を反らしたのは青大将

五月雨や樫一枚の地下扉

大概は男が逃げるさくらんぼ

舌噛んで月へ波音夏の果

鬼やんま生まれし水よ漣よ

パリ　四句

ジャズピアニスト秋風に目を瞑る

秋燕エッフェル塔を売る男

ゆく秋のドガの踊り子が五態

実石榴や魔女狩りの世を思ふべし

大風の過ぐる金木犀大樹

毬栗やのむら清六素描展

誰かゐる葡萄紅葉のなかにゐる

日本橋横切る孔雀十二月

武蔵野の天に近づく枯野かな

令和二年

去年今年緋鯉一匹だけの池

川音は暗闇へ消え寒茜

冬青空首長竜の歩みくる

寒風や神に隣りて矢竹叢

暗闇を弾け跳んだり恋の猫

直人忌の紅色に立つ桃の枝

右手左手それぞれの相春の雪

霞立つ甲斐国分寺湖の縁

陽炎や人立つてゐる呼んでゐる

丸石をごろごろ祀り桃の花

葉桜や走り根は祈りのかたち

風の日の大樹見て来て豆ごはん

青梅雨の匂ひ立ちたり光堂

蜘蛛の囲や兵の夢絡めとる

墓石に武士の名や青嵐

六月の殊に不機嫌なる鴉

蝸牛雨の雫とともに発つ

蛇の衣草に横たふ生臭き

眼裏に夢に真白き火取虫

抜け殻の眼艶やかかまきり

草いきれ指切つて血を滴らす

炎天に出てゆけといふ旋風

物の怪も獣も茅の輪くぐりけり

ががんぼに心の中を覗かるる

捕虫網行くスクランブル交差点

夕焼のあとの三日月川の音

大木の倒るる夜なり月見草

ダリアダリア声かけて色んな顔

屋久杉の年月といふ天の川

一関市ジャズ喫茶「ベイシー」

文月や生き様を訪ふ詩を問ふ

枝伐つて払ひ落として魂迎

鱗雲野面積ゆるやかに曲がる

雑踏は秋恋の歌聴いてゐる

良夜かな月へと帰る月の道

金木犀の記憶母にある記憶
落ちてゐる煙草の吸殻と檸檬

蟷螂の卵と椿伐り落とす

桜落葉や影法師手を繋ぐ

冬満月靴音が追ひかけてくる

うつ伏せに人形捨てられて冬野

泣き虫の妹がゐる空つ風

令和三年 — 四年

六十句

令和三年

門松の切つ先証券取引所

いざ鎌倉へ嘶きと空つ風

節分の気弱な鬼が逃げてゆく
野を焼いてきし三日月の黄金色

父が来てをり白梅に紅梅に

三・一一鉄の棒突き刺さり

死にさうもなき顔をして春の虹

東京スカイツリー春暁より生まれ

春嵐覚悟決めよと促さる

横たはる春の冷たき手術台

囀や窓全開に生還す

観覧車海を見てゐる遅日かな

花びらの吹き込んでくる花屋かな

つばくらめ飛行機雲と十字なり

葉桜や何度も聞き返してゐる

竹皮を脱ぐ一本にかぐや姫

梅の実の落ち放題に父よ母よ

雨蛙上田下田と多摩郡

青大将となり鎌首を擡ぐ

夏嵐黒髪が柏手を打つ

白南風や将門塚に手を合はす

ぶつかつてぶつかつて声あぶら蟬

天牛の触覚風の微かなり

夕焼や何話さうどこへ行かう

兜太にぶつかれり八月十五日

ひぐらし坂と言ひ蜩鳴いてをり

蟷螂がうつとりと殻脱いでゐる

木星と半分の月向かひ合ふ

雨上がる濁流の岸きりぎりす

笑顔乾いて背高泡立草

雨垂れの秋の神田の匂ひかな

さつきまで鳥と話して九月なる

振り下ろす父の木刀冬に入る

冬の風船石段を降りてくる

むじな出て振り返りつつ紀尾井坂

空つ風かくれんばうの頬真つ赤

年用意闇濃くなつてひとりきり

令和四年

元日の礎吹きつさらしなり

街騒や阿吽の狐寒の月

釣り上げし鯉を抱へて枯野ゆく

笹鳴や日だまり神の宿る石

上昇気流多摩川へ蒼鷹

大木の走り根廣瀬直人の忌

囀や蛇笏龍太の大屋根に

骨壺は桜色なり西行忌

自転車の投げ出してある芽吹山

深川や路地の黒猫夏隣

戦争が来てゐる桜蕊が降る

一棟の瓦礫となりて春の月

葉桜や板の間磨き抜かれたる

本堂の組み上がりつつ南風

光芒や薔薇を見て来し微熱あり

片蔭にずつと座つてゐる人形

炎天の木々がささやく風の筋

掘り返す土の匂ひや油照

青大将もうすぐここを通るはず

風神雷神全山万緑に

追ひかけて表参道青嵐

薄羽蜉蝣うたた寝の夢の中

鬼やんまこつちへ来ひと翻る

句集　里山　畢

あとがき

本句集は『夏の峰』に続く私の第二句集です。
平成二十二年から令和四年秋まで、十三年間の三五二句を収めました。私の住んでいる日野は、多摩川と浅川の河岸段丘に開け、縄文時代から人々の暮らしがあります。田圃や畑が広がり、櫟や楢などの雑木林が点在し、鶯や四十雀、翡翠や青鷺、小鷺、そして大鷹などの猛禽類も近くに住んでいます。夏になると、青大将や蝮が出て、かぶとむしや蝶、雀蜂などが雑木林の樹液に集まります。家の周りには、私が勝手にそう呼んでいる、ひぐらし坂やつくつくぼうしの森、月見ヶ丘などがあり、四季折々の表情を見せてくれます。

私の生まれ育った甲斐の国一宮も同じ、縄文の昔から育まれた「里山」の風土です。「里山」とは、集落や人里に隣接し、人間の影響を受けた生態系が存在する山のことであり、自然と人間が一体化して共存共栄する社会と言って良いと思います。句集名にはそんな風情にあやかりたい気持ちをこめました。

初秋の夕方、いつもの雑木林に分け入りました。ここは私の秘密の場所です。ひぐらしが鳴き始めました。樹液がむんむん匂います。のこぎりくわがたを見つけました。すると、浅川から風が吹き上がってきました。何て気持ちの良い風でしょう。おにやんまが空中に静止してこちらを伺っています。そんな時に思うのです。私たちは自然に生かされている。こういう環境を大切にして、次世代に引き継がなければいけないと。

句集刊行に際しましては、角川文化振興財団『俳句』編集部の石川一郎編集長、書籍編集部の皆様方にたいへんお世話になりました。また、「郭公」の井上康明主宰には珠玉の帯文を賜りました。心より感謝申し上げます。

本句集を、多くの皆さまにお読みいただければ、こんなに嬉しいことはありません。

有難うございました。

令和四年九月

廣瀬悦哉

著者略歴

廣瀬悦哉（ひろせ　えつや）

昭和三十四年五月十九日　山梨県生まれ

平成二年　　　「雲母」入会

平成五年　　　「白露」入会

平成十八年　　「白露」同人

平成二十五年　「郭公」同人

句集に『夏の峰』

句集　里山　さとやま

初版発行　2022年12月9日

著　者　廣瀬悦哉
発行者　石川一郎
発　行　公益財団法人 角川文化振興財団
〒359-0023　埼玉県所沢市東所沢和田3-31-3
ところざわサクラタウン 角川武蔵野ミュージアム
電話 050-1742-0634
https://www.kadokawa-zaidan.or.jp/
発　売　株式会社 KADOKAWA
〒102-8177　東京都千代田区富士見2-13-3
電話 0570-002-301（ナビダイヤル）
https://www.kadokawa.co.jp/
印刷製本　中央精版印刷株式会社
 ISBN978-4-04-884513-7　C0092